Eliane Camargo

Hedra edições

Coleção Mundo Indígena

A mulher que virou tatu

Caxinauá

A mulher que virou tatu

Yuxabu yaixni

edição brasileira© Hedra 2022
organização Eliane Camargo
ilustração© Anita Ekman

edição consultada Transcrição feita por Capistrano de Abreu

coordenação da coleção Luísa Valentini
edição Jorge Sallum
coedição Suzana Salama
assistência editorial Paulo Henrique Pompermaier
revisão Renier Silva
capa Lucas Kroëff

ISBN 978-65-89705-72-7

Grafia atualizada segundo o Acordo Ortográfico da Língua Portuguesa de 1990, em vigor no Brasil desde 2009.

EDITORA HEDRA LTDA.
Av. São Luís, 187, Piso 3, Loja 8 (Galeria Metrópole)
01046–912 São Paulo SP Brasil
Telefone/Fax +55 11 3097 8304
editora@hedra.com.br
www.hedra.com.br

Foi feito o depósito legal.

A mulher que virou tatu

Yuxabu yaixni

Eliane Camargo (*organização*)

Anita Ekman (*ilustração*)

2ª edição

hedra

São Paulo 2022

A mulher que virou tatu é uma história originalmente registrada no início do século XX, pelo historiador João Capistrano de Abreu. A língua hoje não é mais escrita do modo como Capistrano a registrou, portanto esta edição é atualizada — além de bilíngue e ilustrada. Fala de dois alimentos que os Caxinauá plantam: o milho, mais apreciado e de cultivo mais difícil, e a batata doce, mais rápido e simples. Na história, a família de uma velha lhe dá batata doce por dar menos trabalho de produzir, já que os idosos Caxinauá não trabalham e sua alimentação deve ser garantida pelos parentes.

Eliane Camargo é etnolinguista. É doutora em Linguística Descritiva pela Universidade de Paris (Sorbonne) e estuda a língua e cultura de três grupos indígenas, os Caxinauá, os Aparai e os Wayana. Coordenou, entre 2006 e 2011, a divisão etnolinguística do projeto de documentação franco-alemão da cultura e língua Caxinauá do DOBES.

Anita Ekman é artista visual, *performer* e ilustradora que trabalha com as artes ameríndias e afro-brasileiras. Como especialista em arte indígena, trabalhou na formação da coleção *Great Masters of Popular Art in Ibero-America*, do Banamex Cultural Fund.

Capistrano de Abreu (1953–1927) foi historiador, mas produziu também dentro dos campos da etnografia e linguística. Em 1914 registrou, pela primeira vez, a língua e o modo de vida Caxinauá junto a dois jovens provenientes do povo, do rio Ibuaçu. Esse trabalho deu origem ao livro *Hantxa huni kuin*, sobre a língua dos Caxinauá do rio Ibuaçu, afluente do Muru.

Mundo Indígena reúne materiais produzidos com pensadores de diferentes povos indígenas e pessoas que pesquisam, trabalham ou lutam pela garantia de seus direitos. Os livros foram feitos para serem utilizados pelas comunidades envolvidas na sua produção, e por isso uma parte significativa das obras é bilíngue. Esperamos divulgar a imensa diversidade linguística dos povos indígenas no Brasil, que compreende mais de 150 línguas pertencentes a mais de trinta famílias linguísticas.

Sumário

Apresentação

Esta história fala de dois alimentos que os Caxinauá cultivam em seus roçados, o milho e a batata doce. A batata doce é uma raiz tuberosa e de fácil cultivo: plantando uma só vez é possível colher muitas vezes, pela propagação de suas ramas. Já o cultivo do milho é mais trabalhoso: a cada vez que se colhe, é preciso esperar a época de plantio para plantar as sementes, que leva cerca de seis meses para colher novamente. Os Caxinauá apreciam e consomem mais o milho, mas também plantam a batata doce, por crescer rápido e dar pouco trabalho.

Os idosos caxinauá não trabalham no roçado; sua alimentação deve ser garantida pelos seus genros e por sua família em geral. Na história, a família da velha lhe dá batata doce por dar menos trabalho de produzir.

Ao comer o milho verde, que é mais macio, a família, sobretudo o genro, reclama por ela não deixar o milho amadurecer, o que a deixa triste e a leva a querer virar tatu.

QUEM SÃO OS CAXINAUÁ

A família linguística pano é composta por cerca de trinta grupos, espalhados em uma vasta região transfronteiriça entre a Bolívia, o Brasil e o Peru.

Os quase oito mil Caxinauá fazem parte desta família, ocupando a fronteira entre o Brasil e o Peru. No Brasil, eles vivem em 12 terras indígenas e, no Peru, eles ocupam todo o rio Curanja e uma parte do rio Purus — da cidade de Puerto Esperanza até a embocadura do rio Curanja.

No Peru, e na região do rio Purus, no Peru e no Brasil, as mulheres e crianças falam apenas a língua caxinauá. Nas demais regiões elas já são bilíngues e, em alguns locais, monolíngues em português.

Todas as comunidades têm escola formal, onde são somente alfabetizados em caxinauá. O restante do ensino é ministrado em espanhol, no Peru, e em português, no Brasil. O material escolar em língua caxinauá é escasso no Peru, e corrente no Brasil.

Como foi feito este livro

No início do século XX, o historiador João Capistrano de Abreu trabalhou com dois jovens caxinauás provenientes do rio Ibuaçu, afluente do rio Muru, por sua vez afluente do rio Tarauacá, na bacia do rio Juruá, no estado do Acre.

Com a venda de borracha de sua região, estes jovens foram levados para Manaus. Lá eles conheceram Luís Sombra, amigo de Capistrano de Abreu, que os encaminhou ao historiador, cada um de uma vez, para o Rio de Janeiro, onde ficaram na casa de Capistrano e trabalharam com ele no registro da sua língua e de seu modo de vida.

Esse trabalho deu origem ao livro *Hantxa huni kuin, a língua dos caxinauás do rio Ibuaçu, afluente do muru* (prefeitura de Tarauacá). O livro foi publicado pela primeira vez em 1914.

Hoje em dia, a língua caxinauá não é escrita do modo que Capistrano a registrou, e os próprios caxinauá não conseguem ler esses relatos de cem anos atrás. Além disso, a língua ainda não era muito estudada, então a tradução proposta por Capistrano era muito entrecortada e inicial.

Pensando que essas histórias poderiam ser lidas hoje em uma forma mais acessível tanto aos caxinauá quanto aos falantes de português, a linguista Eliane Camargo, que trabalha com eles desde 1987, resolveu revisar o livro e refazer a tradução, dentro do programa de documentação de cultura e língua caxinauá, DOBES, financiado pela Fundação Volkswagen.

Esta história é uma parte dessa versão revisada por Eliane, que consideramos ser interessante para crianças e para adultos e, por isso, publicamos neste livrinho. Uma parte dos direitos autorais recebidos com a publicação do livro será destinada à realização de oficinas de língua e cultura onde os caxinauá continuarão pensando novos modos de escrever e apresentar sua língua e sua cultura em suas próprias escolas e para pessoas de outros lugares.

Para ler as palavras caxinauá

A língua caxinauá apresenta quatro vogais — *a*, *e*, *i*, *u* — e catorze consoantes — *b*, *d*, *h*, *k*, *m*, *n*, *p*, *s*, *x*, *t*, *ts*, *tx*, *w*, *y*. Notem que *a* ordem do *x* na sequência do alfabeto muda; ele aparece logo após o *s*.

Nesta língua há três sons não existentes em português:

- A vogal *e* que é um *schwa*, ou seja, um *e* pronunciado com *a* língua plana e o som sai de trás. Este som é comum em inglês, em francês e em muitas línguas da amazônia;
- A consoante *ts* requer uma pronuncia em um só som, *t* + *s*;
- A consoante *x* é uma retroflexa, isto é, a massa da língua vai para trás e a ponta dela toca ligeiramente o palato. Este som é comum em chinês;
- Sequência consonântica *t* + *x* (*tch*) é comum em espanhol, grafado *ch*.

As palavras dissilábicas são muito comuns:

- *Baka*, como em *peixe*;
- *Hiwe*, como em *casa*;
- *Kene*, como em *grafismo*;
- *Tapu*, como em *jirau*, *ponte*.

Mas há palavras de uma só sílaba: *hi*, "árvore"; ou de mais sílabas: *taka*–da, "galinha"; *bepukudu*, "borboleta".

A mulher que virou tatu

QUANDO a família se reunia, só se comia batata doce. Faziam roçado e plantavam batata doce. Só davam batata doce bichada para a velha comer. É o que davam à velha. Ela vivia com a família.

KADI besti pikin, itxa wani kiaki. Bai wakin hawen ni katsidan, kadi banaaki. Xena besti pimiski hawen pitimaken. Yuxabudan eskani kiaki.Hawen nabube hiwea.

A FAMÍLIA dela fazia roçado e tinha um milharal. A velha desdentada não podia comer milho seco.

HAWEN nabu bai waxun, xeki banaimabu. Yuxabudan xeta uma, haska waxun piti, kuxi pitima.

QUANDO a velha vivia com a família, desperdiçava-se muito milho verde. Ela queria virar tatu, pois não podia comer o milho verde, visto que a família lhe dizia:
— Ô, velha, você só fica comendo o nosso milho verde. Ela respondia:
— Como só milho verde, por não poder comer milho seco. Não tenho dente.
A mulher respondeu isso e ficou pensando no que a família lhe disse.

HAWEN nabube hiwea, mawa xeki pati txakaaya. Yuxabudan yaix katsidan eskani kiaki. Haska waxun, pitima, xeki patxi besti piaya, hawen nabun itxaa:
— Yuxabun, min en xeki patxi besti piai, aka. Yuxabu yuikin:
— En haska waxun piti kuxi pitima. En xeta uma, en xeta umabin. Ainbun yuia, ainbu ninkaxun.

ENTÃO ela foi sozinha mata adentro e, ao voltar, à tardezinha, disse à sua filha:
— Filha, eu vou virar tatu. Sou desdentada e por isso não posso comer milho verde. Vou embora.
A filha respondeu-lhe:
— Mamãe, é por isso que você não pode comer?
— Minha filha, é. É por isso que não posso comer, respondeu-lhe.
A filha replicou:
— Mamãe, então coma só milho verde!

HANUNKAIN, yuxabu ni medan ha mesti kaa, badi kaaya huxun, hawen bake yuia:
— En bake, eadan en yaixi kaai. En xeta uma. Haska waxun, piti kuxi pitima, en ikai, aka. Hawen bake yuikin:
— En ewan, min haska waxun pitimamen, aka. En bake, en haska waxun, pitimabin, aka.
Hawen bake yuia:
— Ewan, xeki patxi besti piwe, aka.

A velha só comia milho verde por não poder comer milho seco, que é duro. Quando acabou o milho verde do roçado deles, os homens estavam zangados e lhe disseram:
– Velha, você acabou com o nosso roçado de milho verde.

Yuxabun xeki patxi besti piaya. Haska waxun, piti kuxi pitima. Hatun bai xeki patxi keyun waaya, hunibun sinaxun, yuxabu yuikin:
– Yuxabun, min en xeki patxi bai keyuna, aka.

Ela lhes respondeu:
— É por não poder comer milho seco. Sou desdentada. Por sinal, minha filha me disse:
— Mamãe, coma milho verde!
E respondi:
— Vou comer, sim. Assim disse a velha. Mas os homens retrucaram-lhe:
— Pare de comer o nosso milho!

Yuxabu yuikin:
— En haska waxun, piti kuxi pitima, en ikai, aka. Eadan, en xeta umabin, aka. Habia en baken:
— Xeki patxi piwe, ewan, yui.
En piai, aka. Yuxabun haska waa.
Hunibun yuxabu yuikin:
— En xeki ea keyunyamawe, aka.

NÃO podendo mais comer milho verde, a velha chorou e quis virar tatu. Foi sozinha para o mato e cavou um buraco.

YUXABU haska waa, ana hawa pitima, kaxaaya. Yuxabu yaixi ka katsi eskani kiaki. Ha mesti ni medan kaxun, kini waaya.

UM homem que havia ido caçar a viu cavando o buraco, aproximou-se dela e lhe perguntou:
— Ei, velha, por que você está cavando um buraco?
— É porque não posso comer milho seco. Só posso comer milho verde. Mas como esculhambaram comigo, vim cavar um buraco para ser tatu, respondeu.
O homem a escutou e ficou pensativo, chorando tristemente.

HUNI piaya kaxun, yuxabun kini waa, betxia, hunin yuxabu yukaa:
— Yuxabun, min hawa katsi kini waai? aka.
— En haska waxun, piti kuxi pitima, xeki patxi besti en piaya, ea itxabu, huxun, en kini waai yaix katsidan, aka.
Hunin ninkaa, hawen dabanen iki, kaxaaya.

AO regressar,
pergunto à família dela:
– Por que vocês esculhambaram com a velha?
– Esculhambei porque ela só comia o milho verde do meu roçado. Eu a insultei e ela foi embora.
– A velha foi para lá cavar buraco, eu a vi. Ela quer virar tatu – disse o caçador.

HASKA wabidani,
hukidan, hawen nabu yuia:
– En nabun, mi hawa katsi yuxabu itxa kamen, aka.
– Habia en xeki patxi ea pianaya, en itxaa, kaaki, aka.
– Yuxabudan uani kini waai, en uinbidanxuki, yaix katsidan, aka.

O CAÇADOR disse ao seu filho que estava chorando:
– A velha que vocês esculhambaram já virou tatu. Ela já tem rabo, casco nas costas, casco na cabeça. Virou todinha tatu. A velha sente falta do filho. *Vou buscá-lo*, disse a si mesma. Chamou por ele, gritando *ruu*, fazendo barulho de tatu.

HAWEN bake yuia, kaxaaya.
– Yuxabu ma yaixa.
Hanunkain, hinayatan, pexakayatan, nuxakayatan, buxakayatan.
Haska wakin, keyua. Yuxabu hawen bake manui:
En bake itannun ika. *Huu* aka.

O seu filho pequeno sentia falta da mãe, e chorava sem parar. Ele andava sozinho, chorando, de um lado para o outro. A velha ouviu o choro e pensou:
– O meu filho está chorando, vou vê-lo. Voltou à aldeia para vê-lo; lá estava ele sentado, chorando. Quando viu o tatu, alegrou-se, e o tatu lhe disse:
– Meu filho, eu vou te levar.

Hawen bake hawen ibu manui, kaxawankainkainaya. Hawen bake, ha mesti bai tanai, kaxakukuaya. Yuxabu kaxai ninkaa:
– En bake kaxaai, uintannun, ika. Huaya, bake pixta kaxai, tsauken, bake pixta yaix betxia, benimaaya. Yaixin bake pixta yuikin:
– En bake, en mia yuai, aka.

A CRIANÇA que estava sentada ficou contente. Então a velha levou o menino para morar dentro do buraco. Ela lhe fez o rabo, o casco das costas, o casco da cabeça. E a criança ficou feliz. A velha havia feito a mesma coisa para virar tatu.

BAKE pixta benimaai, tsauken. Hanunkain, yuxabun bake pixta hawen hiwe medan yukin. Bake pixta hina waxun, pexaka waxun, buxaka waxun. Haska waxun, bake pixta benimani kiaki. Yuxabudan eskani kiaki, yaix katsidan.

A HISTÓRIA diz que quem domesticou a batata doce para podermos comer foi o tatu, e quando não tinha batata doce para comer, o tatu comia minhoca. Foi assim que a velha fez para virar tatu, transformou o corpo e passou a comer batata doce e, quando não tinha, comia minhoca.

KADI bikindan, yaixin bini kiaki. Kadimakendan yaixdan xena besti pimis kiaki. Yuxabudan eskani kiaki, yaix katsidan. Hatixunki, yamaki.

COLEÇÃO «HEDRA EDIÇÕES»

1. *A metamorfose*, Kafka
2. *O príncipe*, Maquiavel
3. *Jazz rural*, Mário de Andrade
4. *O chamado de Cthulhu*, H. P. Lovecraft
5. *Ludwig Feuerbach e o fim da filosofia clássica alemã*, Friederich Engels
6. *Hino a Afrodite e outros poemas*, Safo de Lesbos
7. *Præterita*, John Ruskin
8. *Manifesto comunista*, Marx e Engels
9. *Rashômon e outros contos*, Akutagawa
10. *Memórias do subsolo*, Dostoiévski
11. *Teogonia*, Hesíodo
12. *Trabalhos e dias*, Hesíodo
13. *O contador de histórias e outros textos*, Walter Benjamin
14. *Diário parisiense e outros escritos*, Walter Benjamin ⊠
15. *Don Juan*, Molière
16. *Contos indianos*, Mallarmé
17. *Triunfos*, Petrarca
18. *O retrato de Dorian Gray*, Wilde
19. *A história trágica do Doutor Fausto*, Marlowe
20. *Os sofrimentos do jovem Werther*, Goethe
21. *Dos novos sistemas na arte*, Maliévitch
22. *Metamorfoses*, Ovídio
23. *Micromegas e outros contos*, Voltaire
24. *O sobrinho de Rameau*, Diderot
25. *Carta sobre a tolerância*, Locke
26. *Discursos ímpios*, Sade
27. *Dao De Jing*, Lao Zi
28. *O fim do ciúme e outros contos*, Proust
29. *Pequenos poemas em prosa*, Baudelaire
30. *Fé e saber*, Hegel
31. *Joana d'Arc*, Michelet
32. *Livro dos mandamentos: 248 preceitos positivos*, Maimônides
33. *Eu acuso!*, Zola | *O processo do capitão Dreyfus*, Rui Barbosa
34. *Apologia de Galileu*, Campanella
35. *Sobre verdade e mentira*, Nietzsche
36. *Poemas*, Byron
37. *Sonetos*, Shakespeare
38. *A vida é sonho*, Calderón
39. *Sagas*, Strindberg
40. *O mundo ou tratado da luz*, Descartes
41. *Fábula de Polifemo e Galateia e outros poemas*, Góngora
42. *A vênus das peles*, Sacher-Masoch
43. *Escritos sobre arte*, Baudelaire
44. *Cântico dos cânticos*, [Salomão]
45. *Americanismo e fordismo*, Gramsci
46. *Balada dos enforcados e outros poemas*, Villon
47. *Sátiras, fábulas, aforismos e profecias*, Da Vinci
48. *O cego e outros contos*, D.H. Lawrence
49. *Imitação de Cristo*, Tomás de Kempis
50. *O casamento do Céu e do Inferno*, Blake
51. *Flossie, a Vênus de quinze anos*, [Swinburne]
52. *Teleny, ou o reverso da medalha*, [Wilde et al.]
53. *A filosofia na era trágica dos gregos*, Nietzsche
54. *No coração das trevas*, Conrad
55. *Viagem sentimental*, Sterne

56. *Arcana Cœlestia* e *Apocalipsis revelata*, Swedenborg
57. *Saga dos Volsungos*, Anônimo do séc. XIII
58. *Um anarquista e outros contos*, Conrad
59. *A monadologia e outros textos*, Leibniz
60. *Cultura estética e liberdade*, Schiller
61. *Poesia basca: das origens à Guerra Civil*
62. *Poesia catalã: das origens à Guerra Civil*
63. *Poesia espanhola: das origens à Guerra Civil*
64. *Poesia galega: das origens à Guerra Civil*
65. *O pequeno Zacarias, chamado Cinábrio*, E.T.A. Hoffmann
66. *Um gato indiscreto e outros contos*, Saki
67. *Viagem em volta do meu quarto*, Xavier de Maistre
68. *Hawthorne e seus musgos*, Melville
69. *Ode ao Vento Oeste e outros poemas*, Shelley
70. *Feitiço de amor e outros contos*, Ludwig Tieck
71. *O corno de si próprio e outros contos*, Sade
72. *Investigação sobre o entendimento humano*, Hume
73. *Sobre os sonhos e outros diálogos*, Borges | Osvaldo Ferrari
74. *Sobre a filosofia e outros diálogos*, Borges | Osvaldo Ferrari
75. *Sobre a amizade e outros diálogos*, Borges | Osvaldo Ferrari
76. *A voz dos botequins e outros poemas*, Verlaine
77. *Gente de Hemsö*, Strindberg
78. *Senhorita Júlia e outras peças*, Strindberg
79. *Correspondência*, Goethe | Schiller
80. *Poemas da cabana montanhesa*, Saigyō
81. *Autobiografia de uma pulga*, [Stanislas de Rhodes]
82. *A volta do parafuso*, Henry James
83. *Ode sobre a melancolia e outros poemas*, Keats
84. *Carmilla — A vampira de Karnstein*, Sheridan Le Fanu
85. *Pensamento político de Maquiavel*, Fichte
86. *Inferno*, Strindberg
87. *Contos clássicos de vampiro*, Byron, Stoker e outros
88. *O primeiro Hamlet*, Shakespeare
89. *Noites egípcias e outros contos*, Púchkin
90. *Jerusalém*, Blake
91. *As bacantes*, Eurípides
92. *Emília Galotti*, Lessing
93. *Viagem aos Estados Unidos*, Tocqueville
94. *Émile e Sophie ou os solitários*, Rousseau
95. *A fábrica de robôs*, Karel Tchápek
96. *Sobre a filosofia e seu método — Parerga e paralipomena (v. II, t. I)*, Schopenhauer
97. *O novo Epicuro: as delícias do sexo*, Edward Sellon
98. *Sobre a liberdade*, Mill
99. *A velha Izerguil e outros contos*, Górki
100. *Pequeno-burgueses*, Górki
101. *Primeiro livro dos Amores*, Ovídio
102. *Educação e sociologia*, Durkheim
103. *A nostálgica e outros contos*, Papadiamántis
104. *Lisístrata*, Aristófanes
105. *A cruzada das crianças/ Vidas imaginárias*, Marcel Schwob
106. *O livro de Monelle*, Marcel Schwob
107. *A última folha e outros contos*, O. Henry
108. *Romanceiro cigano*, Lorca
109. *Sobre o riso e a loucura*, [Hipócrates]
110. *Ernestine ou o nascimento do amor*, Stendhal
111. *Odisseia*, Homero
112. *O estranho caso do Dr. Jekyll e Mr. Hyde*, Stevenson

113. *Sobre a ética — Parerga e paralipomena (v. II, t. II)*, Schopenhauer
114. *Contos de amor, de loucura e de morte*, Horacio Quiroga
115. *A arte da guerra*, Maquiavel
116. *Elogio da loucura*, Erasmo de Rotterdam
117. *Oliver Twist*, Charles Dickens
118. *O ladrão honesto e outros contos*, Dostoiévski
119. *Sobre a utilidade e a desvantagem da história para a vida*, Nietzsche
120. *Édipo Rei*, Sófocles
121. *Fedro*, Platão
122. *A conjuração de Catilina*, Salústio
123. *Escritos sobre literatura*, Sigmund Freud
124. *O destino do erudito*, Fichte
125. *Diários de Adão e Eva*, Mark Twain
126. *Diário de um escritor (1873)*, Dostoiévski
127. *Perversão: a forma erótica do ódio*, Stoller
128. *Explosao: romance da etnologia*, Hubert Fichte

COLEÇÃO «METABIBLIOTECA»

1. *O desertor*, Silva Alvarenga
2. *Tratado descritivo do Brasil em 1587*, Gabriel Soares de Sousa
3. *Teatro de êxtase*, Pessoa
4. *Oração aos moços*, Rui Barbosa
5. *A pele do lobo e outras peças*, Artur Azevedo
6. *Tratados da terra e gente do Brasil*, Fernão Cardim
7. *O Ateneu*, Raul Pompeia
8. *História da província Santa Cruz*, Gandavo
9. *Cartas a favor da escravidão*, Alencar
10. *Pai contra mãe e outros contos*, Machado de Assis
11. *Democracia*, Luiz Gama
12. *Liberdade*, Luiz Gama
13. *A escrava*, Maria Firmina dos Reis
14. *Contos e novelas*, Júlia Lopes de Almeida
15. *Iracema*, Alencar
16. *Auto da barca do Inferno*, Gil Vicente
17. *Poemas completos de Alberto Caeiro*, Pessoa
18. *A cidade e as serras*, Eça
19. *Mensagem*, Pessoa
20. *Utopia Brasil*, Darcy Ribeiro
21. *Bom Crioulo*, Adolfo Caminha
22. *Índice das coisas mais notáveis*, Vieira
23. *A carteira de meu tio*, Macedo
24. *Elixir do pajé — poemas de humor, sátira e escatologia*, Bernardo Guimarães
25. *Eu*, Augusto dos Anjos
26. *Farsa de Inês Pereira*, Gil Vicente
27. *O cortiço*, Aluísio Azevedo
28. *O que eu vi, o que nós veremos*, Santos-Dumont
29. *Poesia Vaginal*, Glauco Mattoso

COLEÇÃO «QUE HORAS SÃO?»

1. *Lulismo, carisma pop e cultura anticrítica*, Tales Ab'Sáber
2. *Crédito à morte*, Anselm Jappe

3. *Universidade, cidade e cidadania*, Franklin Leopoldo e Silva
4. *O quarto poder: uma outra história*, Paulo Henrique Amorim
5. *Dilma Rousseff e o ódio político*, Tales Ab'Sáber
6. *Descobrindo o Islã no Brasil*, Karla Lima
7. *Michel Temer e o fascismo comum*, Tales Ab'Sáber
8. *Lugar de negro, lugar de branco?*, Douglas Rodrigues Barros
9. *Machismo, racismo, capitalismo identitário*, Pablo Polese
10. *A linguagem fascista*, Carlos Piovezani & Emilio Gentile
11. *A sociedade de controle*, J. Souza; R. Avelino; S. Amadeu (orgs.)
12. *Ativismo digital hoje*, R. Segurado; C. Penteado; S. Amadeu (orgs.)
13. *Desinformação e democracia*, Rosemary Segurado
14. *Labirintos do fascismo, vol. 1*, João Bernardo
15. *Labirintos do fascismo, vol. 2*, João Bernardo
16. *Labirintos do fascismo, vol. 3*, João Bernardo
17. *Labirintos do fascismo, vol. 4*, João Bernardo
18. *Labirintos do fascismo, vol. 5*, João Bernardo
19. *Labirintos do fascismo, vol. 6*, João Bernardo

COLEÇÃO «MUNDO INDÍGENA»

1. *A árvore dos cantos*, Pajés Parahiteri
2. *O surgimento dos pássaros*, Pajés Parahiteri
3. *O surgimento da noite*, Pajés Parahiteri
4. *Os comedores de terra*, Pajés Parahiteri
5. *A terra uma só*, Timóteo Verá Tupã Popyguá
6. *Os cantos do homem-sombra*, Mário Pies & Ponciano Socot
7. *A mulher que virou tatu*, Eliane Camargo
8. *Crônicas de caça e criação*, Uirá Garcia
9. *Círculos de coca e fumaça*, Danilo Paiva Ramos
10. *Nas redes guarani*, Valéria Macedo & Dominique Tilkin Gallois
11. *Os Aruaques*, Max Schmidt
12. *Cantos dos animais primordiais*, Ava Ñomoandyja Atanásio Teixeira
13. *Não havia mais homens*, Luciana Storto

COLEÇÃO «NARRATIVAS DA ESCRAVIDÃO»

1. *Incidentes da vida de uma escrava*, Harriet Jacobs
2. *Nascidos na escravidão: depoimentos norte-americanos*, WPA
3. *Narrativa de William W. Brown, escravo fugitivo*, William Wells Brown

COLEÇÃO «ANARC»

1. *Sobre anarquismo, sexo e casamento*, Emma Goldman ☒
2. *O indivíduo, a sociedade e o Estado, e outros ensaios*, Emma Goldman
3. *O princípio anarquista e outros ensaios*, Kropotkin
4. *Os sovietes traídos pelos bolcheviques*, Rocker
5. *Escritos revolucionários*, Malatesta
6. *O princípio do Estado e outros ensaios*, Bakunin
7. *História da anarquia (vol. 1)*, Max Nettlau
8. *História da anarquia (vol. 2)*, Max Nettlau
9. *Entre camponeses*, Malatesta
10. *Revolução e liberdade: cartas de 1845 a 1875*, Bakunin
11. *Anarquia pela educação*, Élisée Reclus

Adverte-se aos curiosos que se imprimiu este livro na gráfica Meta Brasil, na data de 25 de maio de 2022, em papel pólen soft, composto em tipologia Minion Pro e Formular, com diversos sofwares livres, dentre eles LuaLaTeXe git.
(v. 0b58697)